# 사랑하냐고 묻고 그립다고 대답했다

이능표 시집

# 사랑하냐고 묻고 그립다고 대답했다

달아실시선
76

달아실

보조 용언과 합성 명사의 띄어쓰기 등 본문의 맞춤법은 시인의 의도에 따른 것임.

# 시인의 말

활자가 말을 전하지 못하고

종이가 생각을 담지 못하고

나는 다시

사람의 몸을 받지 않을 것이니

2024년 3월

이능표

## 차례

사랑하냐고 묻고 그립다고 대답했다

## 2부. 건반을 밟고 지나가는 들소처럼

## 3부. 무정한 세월이 그렇게 흘러갔다

## 4부. 꿈이 아닌 듯이 꿈을 꾸듯이

# 1부

## 1초와 1초 사이

# 춘천 가는 길

장의차를 보고 속도를 줄인다.
누구인지 알 수 없지만
한 생을 살았으니 경의를 표할 일이다.

들꽃을 보고 걸음을 멈춘다.
이름도 연유도 알 수 없지만
한 생이 피었으니 고개를 숙일 일이다.

# 사랑하냐고 묻고 그립다고 대답했다

강물을 따라 송어 떼가 지나갔다.
"저들은 다시 오지 않아!"
그녀가 울음을 터뜨렸다.
그가 도착했을 때 그녀는 그곳에 있지 않았다.
발목을 적시는 희미한 불빛처럼
사랑하냐고 그녀가 묻고 그립다고 그가 대답했다.
새벽 두 시의 통화는 그렇게 끝이 났다.
강물을 거슬러 송어 떼가 돌아왔다.
"그때 그 송어가 아니야!"
그녀가 울음을 터뜨렸다.
그가 도착했을 때 그녀는 그곳에 있지 않았다.
발목을 적시는 희미한 불빛처럼
사랑하냐고 그녀가 묻고 그립다고 그가 대답했다.
새벽 두 시의 통화는 늘 그렇게 끝이 났다.
강물이 강물을 밀어내듯
천금 같은 날들이 그렇게 흘러갔다.

# 복숭아나무 그늘에

개를 묻는다는 건 추억을 묻는 것이다.

까미가 죽었다.

본래 이름은 카뮈였다.

깊고 총명하고 돌발적이며 가끔은 막무가내였기에.

동물 병원 철창 안에서 우울한 표정으로 창밖을 보고 있을 때 아내와 눈길이 마주쳤다.

한 차례 파양을 당하고 돌아와 수의사가 안락사를 고려하고 있을 때였다.

그 일에 관해 지난날 어떤 글을 쓴 적이 있다.

아내한테는 잘못 선택한 선물이었고 나한테는 작은 악마였으며 아들한테는 용감한 연대였다고.

집에 온 첫날은 청소 검사를 하는 선생님 같았다.

거실과 부엌을 돌아보고 2층으로 뛰어 올라가더니

구석에 처박혀 있던 양말 한 짝을 물고 나타났다.

여느 강아지처럼 잠시, 보기에 따라서는 끊임없이 사고를 쳤지만

곧 본분을 이해하고 책임과 권리를 명확히 구분했다.

가령 앉기나 서기를 했는데 간식을 주지 않으면 눈을 흘기면서 절대 물러서지 않았다.

그 단호함이 우리에게는 즐거움이었고 자주 놀려먹기까지 했다.

그때 막 대학에 입학했던 아들이 졸업하고 결혼하고 아버지가 되었다.

까미는 아들의 아들에게도 좋은 친구였다.

아들의 아들은 우리 집을 까미 집이라고 불렀다.

아이한테는 순한 양이었지만 타고 난 사냥꾼이었다.

하수구를 통해 숨어든 쥐와 맞서 끝내 물리치기도 했다.

호시탐탐 거실 자리를 엿보는 길고양이나

정원을 더럽히는 공중의 새들조차 벌벌 떨게 할 정도로

주의가 깊고 용맹하고 우렁찼다.

밤중에 찾아드는 거리의 망령들을 쫓아내기도 했다.

해독되기를 거부하는 교만한 시인들과 씨름할 때

허공에 대고 돌연히 짖어대는 이유는 거기 그 어둠 속에 그들이 와 있기 때문이다.

식욕이 과했지만 그만큼 이해가 깊었으므로 크게 흉이 되지는 않았다.

막막하고 우울할 때,

새벽 술상을 차리면 자다가도 벌떡 일어나 마주 앉았다.

사려 깊고 대범하고 늠름했다.

자존심이 강한 만큼 인내할 줄도 알았다.

마음을 가라앉힐 때까지는 섣불리 말을 걸거나 손을 내밀지 않았다.

그 모습이 때론 나를 가르치기도 했다.

함께한 날들이 대개 그러했다.

죽은 개를 묻는다는 것은 어쩌면 산 추억을 묻는 것이다.

아니, 그렇지 않을 때도 있다.

아내의 개는 아직 죽지 않았다.

개를 묻는다는 말에 아내는 비명을 질렀다.

산 사람도 묻을 판이라고 짐짓 화를 냈지만, 그 마음을 안다.

그 마음을 안다.

십오 년 동안 함께 산 개를 묻는다는 건 십오 년 동안의 추억을 묻는 것이다.

그리고 추억에는 책임이 따른다는 것을 알고 있다.

겁먹은 내 얼굴을 물끄러미 바라보다 돌아선 다음에는 단호하게 손길을 거절했다.

거실과 부엌을 한 바퀴 돌고

밥그릇 앞에 잠시 머물다 거실 한구석 제집에 들어가

문턱에 고개를 걸치고 혼자 힘으로 숨을 거두었다.

가슴이 덜컥 내려앉았다.

사실을 말하자면,

지나간 추억들이 대개 그러하듯이,

슬픔보다는 걱정이 앞섰다.

죽은 개를 어디에 묻을 것인가.

염을 하고 상자에 넣은 다음 자전거에 싣고 묻을 곳을 찾아다녔지만 마땅치 않았다.

마음이 아무리 넓은들

누가 자기 땅에 남의 추억을 묻기를 바라겠는가.

개를 묻는다는 건 추억을 묻는 것이다.

늦은 봄 어느 날 그렇게,

복숭아나무 그늘에 한 시대를 묻고 돌아섰다.

# 우리가 별이 될 때

종이에 별을 그리고 별이라고 말해줄 때

종이에 별이라고 쓰고 별이라고 읽어줄 때

아이는 세 살, 나이가 조금 많거나 적어도 상관은 없다.

하늘에서 별이 쏟아져 머리에 떨어질 것 같다며 품 안으로 뛰어들 때

그랬던 아이는 시골 밤길이 처음이었지 아마?

창문을 열고 하늘을 봤는데 보이지 않았다. 방안의 불을 끄고 숨어 있는 별을 찾아냈을 때

대낮에도 별은 떠 있고 가끔 보이기도 하니까 항상 그런 건 아니다.

헤어지기 싫다며 울음을 터뜨릴 때

그런 아이를 하나 알고 있는데 그 순간만큼은 아이한테 나는 별처럼 빛나는 존재인 거다.

별이 될 때는 많다.

추모관 트리에 매달린 엽서를 읽다가 어쩌면 좋아 아이를 앞세웠네 하면서 아내가 갑자기 울기 시작했을 때

아들, 네가 간 지 벌써 70일이네. 보고 싶다. 사랑한다. 다시 올게.

허공을 떠도는 울음소리에 너무 일찍 별이 된 아이들이

내려와 함께 울어주고 있을 때
　그렇게도 우리는 별이 된다.
　굶어 죽어가는 이국의 아이들에게 아무것도 해줄 수 없을 때
　영문도 모른 채 고아가 되어버린 먼 나라 전쟁터의 아이들을 볼 때
　기름을 뒤집어쓴 펠리컨이나 쓰레기로 죽어가는 바다거북을 볼 때
　무료한 오후에 동시에 터져 나온 하품 때문에 의미 없이 웃을 때
　국숫집 열무김치를 씹는데 익숙한 신맛이 느껴질 때
　소파 밑에서 아들의 세 살배기가 두고 간 장난감을 발견할 때
　가끔은 별난 이유로 별이 되기도 한다.
　폴란드 할머니 시인을 읽고 그동안 쓴 시를 죄다 불태웠을 때
　누군가의 처녀작을 교정보다 두근두근 다음 장으로 넘어가지 못하고 있을 때
　파도가 모래알을 밀어내듯 마음이 옮겨갈 때

너무 밝으면 보이지 않고 너무 어두우면 무섭기도 하다 별들은.

우리 행성이 장착한 모든 힘을 다해 나아가도 어느 별 한 곳에 도착할 수가 없다.

별이라고 발음할 때
가볍게 벌어지는 입술과 입술 사이
별들은 억만 광년쯤 떨어져 있다.

# 연어

그들은 호수에 살아.
친구 만나고 집에 가는 길
갑자기 내린 폭설에 길은 끊어지고
자동차 안에 처박혀 어리둥절하고 있을 때
빙산에 둘러싸인 호수에 갇힌 듯
호흡이 가빠지고 심장이 팔딱대던 거 있지?
너 아직도 시 쓰니?
목소리 낮추며 눈을 동그랗게 뜨던 친구 놈한테
너는 아직도 안 쓰니?
마음의 주먹 감자를 먹이고 귀가하던 날
거짓말처럼 내리는 봄날의 폭설 속에서
문득 생각난 캐슬린 호수의 연어* 떼.
빙벽에 머리를 찧은 듯 정신이 번쩍 들고
팔딱팔딱 가슴이 뛰었던 거다.
까짓것 조금 늦으면 어때?
길 위에 집을 짓고
때아닌 폭설이 잦아들 때까지
하루쯤 그렇게 살 수도 있는 것 아니겠냐며.

* 빙산이 바닷길을 막아 돌아가지 못하고 호수에 머물러 산다.

## 죽은 양을 위한 헌사

파미르고원이었지 아마?
언덕을 오르는 기다란 행렬 속에서
비틀비틀 무리를 빠져나와 너는 내게로 왔어.
다리를 접고 가쁜 숨을 몰아쉬며
노을이 담긴 눈으로 무리를 돌아보던
너의 죽음이 산 자의 깨달음이 되고 있을 때
나도 한 번은 죽었던 거야.
망원경 속에 어둠이 내리고
초원의 바람이 너의 온기를 실어 나르는 동안
겁 많은 여우가 맴돌다 가고
떠나간 무리 속에서 너의 아이가 돌아와 애도를 마칠 때까지
내 숨은 멎어 있었어.
파미르고원의 이름 모를 평원에 뼈를 묻으면서
한 사내의 생사가 되었던 자,
너에 관한 시를 쓰는 일이
살아 있는 흉내를 내는 건지도 몰라.
오래전 그곳에서
죽은 자에게 삶을 가르친 모종의 존재,

그저 양이라 부를 수 없는,

그날 그 파미르고원의 마르코폴로.

# 삶으로부터 삶으로*

바람이 분다.
공기를 품은 바람이다.
나무가 흔들린다.
잎사귀가 달린 나무다.
커피를 내린다.
카페인을 품은 커피다.
계단을 오른다.
경사를 가진 계단이다.
의자에 앉는다.
책상이 있는 의자다.
책을 꺼내 든다.
책갈피가 잠겨 있는 책이다.
다시,
바람이 분다.
머리카락을 풀어헤친 바람이다.
나무가 흔들린다.
뿌리째 흔들리는 나무다.
커피를 내린다.
검은 눈물을 흘리는 커피다.

계단을 오른다.

아들의 세 살배기가 기어오르던 계단이다.

의자에 앉는다.

체중을 견디지 못하는 의자다.

책을 꺼내 든다.

책갈피가 열려 있는 책이다.

* from life to living

# 우아한 삶

"우아한 삶!"
큼직하게 쓴 헌사와 함께
천 년쯤 전에 살았던 어떤 사내의 시집이 도착했다.
"2019. 12. 6. 저자를 대신하여"
보낸 날짜와
배송자의 이름은 물론 익살맞은 고양이 사인까지 곁들여서.
시집의 제목은 로버이여트*,
지은이 오마르 하이염*,
최초 발신지 페르시아.
타인의 입과 기억들 사이를 떠돌아다니다가
마침내 자신의 것으로 확정된 수천 개의 단어로 종이에 새겨진 채
자신도 모르는 시간
자신도 모르는 여인을 통해
생면부지의 사내에게 도착한 것이다.
"우아한 삶!"
어쩌면 한 번도 원치 않았을지도 모를 헌사를 건네면서
그저,

우리 육신의 흙으로 옹기가 빚어지기 전에
포도주나 한 동이 함께 마시자**면서.

* 로버이여트, 오마르 하이염 : 로버이는 페르시아 고전문학에 나타나는 독특한 시형. 로버이여트는 4행시 로버이의 복수형. 영어식 발음은 루바이야트, 오마르 카이얌.
** 우리~마시자 : 오마르 하이염의 로버이 중 한 구절. 이상 최인화가 옮긴 『로버이여트』 인용.

# 1초

눈길과 눈길이 마주치는 1초
눈길이 어긋나는 1초
그리고,
그 1초와 1초 사이의 1초

사랑에 빠지는 1초
사랑을 놓치는 1초
그리고,
그 1초와 1초 사이의 1초

꽃잎을 흔드는,
바람과 바람 사이의 1초
공중에 멈춘,
새들과 중력 사이의 1초
치타와 가젤 사이의 1초
수리부엉이와 다람쥐 사이의 1초
작살과 돌고래 사이의 1초
총알과 방아쇠 사이의 1초
함정과 발바닥 사이의 1초

그 모든 1초와 1초 사이의 1초.

# 작은 일

작은 일이었어.
민들레 씨가 바람에 날리듯
그건 정말 가벼운 일이었어.
비 오는 날 집을 나섰어.
우산을 썼지만 다 가리진 못했어.
폭우에 갇혀 걸음을 멈췄어.
둘러봐도 피할 곳이 없었어.
도착하기엔 멀고
돌아가기엔 너무 지나쳤어.
멈출 수가 없었던 거야.
우산을 들고 뛰었어.
첨벙첨벙 물을 밟고
약속 장소를 향해 달려갔어.
그런 일이었어.
한 번쯤 있을 법한
누구나 겪을 법한
그저 그런 일이었어.
그 일로 병들고 그 일로 죽었지만
그건 아주 작은 일이었어.

민들레 씨가 바람에 날리듯
그는 정말 가볍게 죽었어.

# 내가 누군가의 별이라면

손 닿지 않는 곳에 몰래 있을 거야.
그녀의 눈길이 닿지 않도록
그녀가 바라보는 반대편에 있을 거야.
재빨리 옮겨 다니면서
절대로 보거나 만지지 못하게 할 거야.
별들은 밝고 뜨거워서
어쩌면 멀어버릴지 모르니까.
어쩌면 불타버릴지 모르니까.
그래도 내가 그녀의 별인 것만은 분명히 해둘 거야.
그러자면 그 소년의 눈동자 속에 들어가 있어야 하겠지?
첫눈에 반한 소년에게서 나를 느낄 수 있도록.
얼마나 간절한지,
두근대는지,
원하는지 알 수 있도록.
입술을 내밀 때마다 환하게 비출 거야.
입술이 입술을 찾는 동안에는 눈을 감아도 상관없지.
내가 누군가의 별이라면,
우연히 발견하지는 못하게 할 거야.
절대로 눈치 못 채게,

달콤한 꿈에서 깨지 않게,
행복한 노곤함이 창문을 넘지 않게,
커튼 뒤에 조용히 숨을 거야.
서럽거나 막막할 때,
발꿈치 들고 살금살금
머리카락을 넘기면서 이마를 짚을 거야.
내가 누군가의 별이라면,
다른 별들처럼 높이 떠 있지는 않을 거야.
나지막이 조용히,
한 걸음,
또 한 걸음,
계단들을 비출 거야.
예전에 어떤 별이 나한테 그랬듯이.

# 비극

세차하고 나오는데 멀쩡했던 하늘에서 물 폭탄이 쏟아졌다.

곤줄박이 한 쌍이 창문 앞 나뭇가지에 신혼집을 지었다. 정원 탁자에 배설물이 쌓이기 시작했다.

머리를 감기다 다섯 살배기 눈에 비눗물 들어갔다. 아이가 소리쳤다. 하지 마, 하지 말란 말이야! 자꾸 이러면 그동안 준 사랑 다 가져갈 거야!

그렇게,

하늘을 원망하며

달콤한 신혼을 훔쳐보며

사랑을 흥정하면서 연극이 시작된다.

너는 그곳에 있고 나는 그곳에 있지 않았다.

내가 하늘을 보고 있을 때 공교롭게도 너는 바닥에 떨어진 머리핀을 줍고 있었다.

그런 이유들이 우리를 달라지게 했는지도 모른다.

사랑해, 라고 말하려고 할 때 무슨 일로 네가 웃었고, 머쓱해진 나는 그 말을 하지 못했다.

재미있는 일이라도 있었던 거야?

실없는 농담을 전해 듣고 함께 웃으면서 하려던 말을

까맣게 잊고 말았다.

금요일엔 뭘 할 건데, 하고 네가 물었다.

금요일? 널 만나고 있잖아, 지금.

벌써? '그요일'이 아니고?

너는 재치 있게 벗어났다.

우리는 웃었고,

민망함을 감추려고 다시 농담을 던졌다.

시간이 너무 빠른 것 같지 않아? 요즘엔 자고 나면 '그요일'이라니까!

마주 보고 폭소를 터뜨리면서,

그렇게,

비극은 희극처럼 시작되기도 한다.

웃음기 걷힌 하늘 아래

희극적인 비극만큼 비극적인 비극은 없다.

# 지붕

하늘에도 지붕이 있으면 좋겠지?
비가 올 때 우산을 쓰듯이
손바닥 활짝 펴서 햇볕을 가리듯이
새들의 지붕이 바람이듯이
꽃들의 지붕이 구름이듯이
먼먼 하늘 끝 텅 빈 그 너머
걷다 걷다가 끝내 그 자리
지붕이 하나 있으면 좋겠지?
그리워 갑자기 생각나듯이
무서워 갑자기 생각나듯이
숨을 곳 하나 있으면 좋겠지?

# 박새 앉았던 자리

박새 앉았던 자리에 꽃대가 올라왔다.
엉겅퀴!
라고 소리치자
민들레!
라고 소리쳤다.
얼굴 맞대고 고개를 젓다가
씀바귀!
라고 소리칠 때 꽃잎이 벌어졌다.
박새 앉았던 자리에
몇 개의 우주가 머물다 갔다.

# 식물의 이메일

### 내 이름

제비꽃이거나 오랑캐꽃,
목숨이 질긴 여러해살이풀,
발음할 때 혓바닥이 분주해지는
맨츄리안 바이올렛이라는 예쁜 이름도 있지만,
그러거나 말거나.

### 당부

그쪽 씨가 잎새라고 부르는 것
그것이 내 눈이고
그쪽 씨가 줄기라고 부르는 것
그것이 내 얼굴
그쪽 씨가 뿌리라고 부르는 것
그것이 내 종아리
그쪽 씨가 꽃이라고 부르는 것
그것이 내 생식기랍니다.

그러니까 제발,
만지거나 건드리지 마세요.
콧구멍 벌름벌름,

냄새 좀 맡지 마시라고요!

# 2부

## 건반을 밟고 지나가는 들소처럼

# 헌시

처음 초원을 달리는 말처럼,
그가 쓰는 말은 기운차고
그가 전하는 말은 자유롭다.
그는 초원을 달리는 말처럼 살았다.
초원을 달리는 말처럼 길들지 않았고
초원을 달리는 말처럼 머물지 않았다.
초원을 달리는 말처럼 바람을 몰고 왔고
초원을 달리는 말처럼 홀연히 사라졌다.
어젯밤 꿈결에,
초원을 달리는 말처럼 기운차게
초원을 달리는 말처럼 자유롭게
말과 말 사이로 한 사람이 지나갔다.
온 적도 간 적도 없는 듯이
광막한 노을 속에 한 시대를 두고 갔다.

## 시인들

굴원은 은미隱微하고
조식은 강개하다.
반악은 화려하고
도잠은 원숙하다.
사령운은 평담平淡하고
포조는 생동한다.
사조는 유려하고
유신은 세차면서도 정교하다.
맹호연은 탈속하고
왕유는 청신淸新 준일俊逸하다.
이백은 호방표일豪放飄逸하고
두보는 침울돈좌沈鬱頓挫하다.
위응물은 담박하고
이하는 기이하며 냉염冷艶하다.
유종원은 평담하면서 아름답고
백거이는 정치곡진情致曲盡하다.
이상은은 심정면막深情綿邈하고
구양수는 승선계후承先啓後의 공적이 있다.
매요신은 소박 진솔하고

왕안석은 비장하다.
소식은 호방초매豪放超邁 담아고원淡雅高遠
황정견은 점철성금點鐵成金 탈태환골脫胎換骨
진사도는 간결 정묘하고
육유는 평이하면서 굳세다.
양만리는 통속하고 발랄하며
범성대는 섬세하고 부드럽다.
정사초는 비분강개하고
원호문은 심후하면서 침울하다.
고계는 야성에 머물고
전겸익은 흐느낀다.
오위업은 불우하고
원매는 분방하다.
왕사진은 매끄럽고
황경인은 침통하다.
공자진은 약동하고
황준헌은 호탕하다.

* 은미(隱微) : 겉으로 드러나지 않거나 그 속이 깊어 알기 어려움
* 평담(平淡) : 고요하고 깨끗하여 산뜻함
* 준일(俊逸) : 재능이 뛰어남
* 호방표일(豪放飄逸) : 기개가 있고 작은 일에 거리낌이 없으며 세상일을 마음에 두지 않고 태평함
* 침울돈좌(沈鬱頓挫) : 근심이 깊어 우울하며 중도에 갑자기 꺾이거나 틀어짐
* 냉염(冷艶) : 싸늘하면서도 고움
* 정치곡진(情致曲盡) : 감정을 자아내는 흥치가 깊고 지극함
* 심정면막(深情綿邈) : 본심을 숨기고 남에게 알리지 않으며, 매우 멀고 아득함
* 승선계후(承先啓後) : 선대를 계승 발전시킴
* 호방초매(豪放超邁) : 호방하며 매우 뛰어남
* 담아고원(淡雅高遠) : 맑고 아담하며 품은 뜻이 높고 원대함
* 점철성금(點鐵成金) : 쇳덩이를 다루어 황금을 만듦. 즉, 나쁜 것을 고쳐서 좋은 것으로 만듦
* 탈태환골(脫胎換骨) : 환골은 옛사람의 시문을 본떠서 어구를 만드는 것, 탈태는 고시의 뜻을 본떠서 원시(原詩)와 다소 다른 뜻을 가지게 짓는 것

# 인용 사회와 그 적들*

구름이 바람을 인용하고 바람이 구름을 인용한다.
그것은 하늘.
파도가 돛단배를 인용하고 돛단배가 파도를 인용한다.
그것은 바다.
나무가 꽃들을 인용하고 꽃들이 나무를 인용한다.
그것은 산과 들판.
부처가 공자를 인용하고 공자가 부처를 인용한다.
그것은 종교 혹은 철학.
원리가 경험을 인용하고 경험이 원리를 인용한다.
그것은 학문 또는 지혜.
제도가 사람을 인용하고 사람이 제도를 인용한다.
그것은 정치.
소리가 풍경을 인용하고 풍경이 소리를 인용한다.
그것은 예술.
분노가 폭력을 인용하고 폭력이 분노를 인용한다.
그것은 전쟁.
질투가 증오를 인용하고 증오가 질투를 인용한다.
그것은 욕정.
사랑이 이별을 인용하고 이별이 사랑을 인용한다.

그것은 희극이거나 비극.
그물처럼 촘촘하고 건반처럼 가지런하다.
아무도 날지 않고 아무도 배를 띄우지 않는다.
아무도 성자가 되려고 하지 않고 아무도 종교가 되려고 하지 않는다.
아무도 웃지 않고 아무도 울지 않는다.
이곳에 이제 그들은 없다.
그물을 뚫고 지나가는 바람처럼,
건반을 밟고 지나가는 들소처럼,
포획되지도 않고 인용할 수도 없다.
인용되지도 않고 연주할 수도 없다.
시인들,
투명한 복면을 뒤집어쓴 희대의 난봉꾼들.

* 칼 포퍼의 『열린 사회와 그 적들』에서 빌려왔다.

# 긴 사랑 노래에 이은 짧은 이별 노래*

사랑 시를 쓰려다가 이별 시를 쓰고 말았다.
마감은 임박하고,
말머리는 틀어졌으니 어쩌겠는가.
사랑과 이별은 한통속이니
변명거리가 없는 것은 아니다.
꽃이 피는 속도보다 꽃이 지는 속도가 빠르고
사랑하는 속도보다
이별하는 속도는 늘 빠르지 않았던가.
연필을 내려놓고 위안하기를,
긴 사랑을 짧은 이별 노래에 담았다고.

* 당나라 시인 이하(李賀, 790~816)가 쓴 시 중에 「긴 곡조의 노래에 이은 짧은 곡조의 노래」가 있다.

## 해부학 교실

— 아시죠? 새들이란 게 기본적으로 중력과 양력을 이용하잖아요? 그리고 또 중요한 게 뼈에 숭숭 뚫려 있는 이 구멍들이죠. 공기통 역할을 하면서 나는 걸 도와주거든요.

지빠귀 뼈의 단면을 프로젝터 화면에 비추며
해부학자의 설명이 이어졌다.

— 이건 그저 그런 뼈가 아니에요. 뼛속에 뚫려 있는 이 구멍들이야말로 지빠귀의 본질이죠. 날지 못하는 새가 무슨 의미가 있겠어요?

수강생들이 고개를 끄덕였다.
배가 갈린 채 수술대에 누워
더는 제 것이 아닌 날개를 펼치고
뼛속까지 자신을 증명한 지빠귀를 애도하는 사람은
없었다.

# 해골이 그려진 검은 깃발

해적선 본 적 있으세요?

봤지. 책에서도 보고 만화로도 보고 영화로도 보고…

보물섬이나 캐리비안의 해적 같은 데 나오는?

피터 팬에도 나오지 않나? 왜 그 후크 선장 말이야.

에이, 해적선을 진짜로 본 건 아니시네!

요즘 세상에 그런 게 남아 있기나 하려고.

탕, 탕! 소말리아 해적선이 있잖아요?

그랬나?

왜요? 해골이 그려진 검은 깃발을 달지 않아서요?

아니. 해적선 맞네, 뭐.

검은 깃발을 달지 않은 해적선 이야기는 아세요?

무슨 얘기를 하고 싶은 건데?

1492년, 바하마 제도 구아나하니라는 섬에 한 사내가 세 척의 배를 이끌고 나타났어요.

가만있자… 사내 이름은 콜럼버스, 세 척의 배는 산타 마리아, 핀타, 니냐 호겠지?

맞아요. 1839년에는 함포로 무장한 영국 함대가 청나라 바다를 막아서죠.

1839년이면 아편전쟁이네! 역사상 가장 추악한 전쟁으로 기억되지.

1866년에는 프레스턴이라는 미국 상인이 배 한 척을 몰고 대동강을 거슬러 올라와요.

제너럴셔먼호 사건 말이지? 그래서?

인정하기 싫지만 내 안에도 해적선들이 떠다니고 있거든요.

해골이 그려진 검은 깃발을 달고?

나 또한 누군가의 해적선이 아닐까 하는 생각, 해본 적 없으세요?

없어. 내가 그 배를 모는 해적이거든. 해적은 자기 배를 해적선이라고 부르지 않아.

해골이 그려진 검은 깃발은 어쩌고요?

그거? 다른 해적들에게 경고하는 거야. 나도 해적이니 해적질할 생각 말라고.

# 파주 가는 길

강 건너 북쪽 하늘에 구름이 장하더라고요.

뜬구름을 잡으셨다?

한눈팔다 나들목을 놓쳤어요.

법흥리를 놓쳤으면 성동에서 내려왔으면 됐겠네?

성동 지나 낙하 지나 내포 놓치고 당동 놓치고 어느새 임진각이더라고요.

저런!

가는 길 철책 너머에 뭐라고 쓰여 있는지 아세요?

거기 뭐가 있어?

경적 금지!

철새가 왔다 가거든. 알도 까고 새끼도 치니 조용할 필요가 있겠지.

경작 금지!

적진이 코앞인데 농사야 지으려고.

농사꾼한테 그게 대수겠어요?

그런가?

밥이 곧 하늘이다, 모르세요?

알지. 말이 좀 달라지긴 했지만.

달라지다뇨?

돈이 곧 하늘이다.

에이, 너무 세속적인 비유네요.

이념이 곧 하늘이다, 라고 하면 좀 고상해 보이려나?

그건 좀 고리타분하고요.

혓바닥이 하늘이다.

그건 좀 낫네요. 말이 앞서는 세상이니 말이에요.

시인들을 염두에 두고 하는 말은 아니지?

그자들을 빼놓긴 좀 그렇죠?

# MRI

MRI 해보신 적 있으세요?

자기공명영상?

그게 참 재밌는 기술이더라고요.

재밌으시다? 에이, 환자 입장도 생각하셔야지.

몸이 반응한 소리를 영상으로 바꿔 보여주거든요.

그렇다더군.

척추를 찍었어요.

고질병이 도진 게로구먼?

고통의 본질이 무엇인지 눈으로 확인하고 싶었달까?

확인은 했고?

4, 5번 간 요추간판탈출증이라는데 눈으로 직접 보니까 병명을 이해할 수 있겠더라고요.

의학 지식을 전하는 건 아닐 테고…

내 몸이 그려낸 영상들을 감상하는데 그게 좀 그랬어요.

그럴 만한 게 있을까?

내 몸, 내 몸의 소리, 내 몸의 소리를 그려낸 그림…

하고 싶은 말이 뭔데?

나는 무엇인가, 무엇으로 만들어졌는가 하는 생각, 해본 적 없으세요?

있지. 얼마 전에 뇌하고 심장 쪽을 찍어봤거든.

그러셨어요?

불끈불끈 심장이 요동치면서 뇌 쪽으로 피를 밀어 보내고 있더라고.

심장이 하는 일이 원래 그런 거니까요.

그래서 생각했어. 장기마다 쓰임새가 있지만 역시 심장이 먼저겠구나.

뇌에서 먼저 그러라고 명령을 내린 거 아닌가요?

닭과 달걀 같은 얘기지. 중요한 건 내가 알 낳는 닭을 봤다는 거고.

## 미쳤네!

가지치기가 심했나 보다.
노랗게 말라버린 대춧잎을 살피더니
"미쳤네!"
이웃집 노인이 고개를 젓는다.
눈이 동그래진 내게,
"너무 쳤다고!"
그래도 그렇지 미쳤다니…
분하고 억울한 마음에 사전을 펼치니

**미치다 1** ① 가 닿거나 이르다. ② 이르거나 닿게 되다. ③ 적용되는 상태로 만들다. **미치다 2** ① 정신에 이상이 생겨서 정상적이지 않은 상태로 되다. ② 관심을 보이는 정도가 정상적인 경우보다 지나치게 심하거나 비정상적으로 열중하다. ③ 상식에 지나치게 벗어난 행동을 하다.

풀 죽은 대추나무를 바라보면서
미쳤든, 미쳤든
한두 해 두고 보기로 한다.

# 의자

안락의자가 고장 났다.
한창 시절 큰맘을 먹고 거금을 들인 회전의자다.
높낮이 조절이 쉽고 가죽이 부드럽고 적당히 푹신하기까지 해서
한때 책상물림 친구들한테 꽤 부러움을 샀는데
어느 날부터 회전력을 잃고 조금씩 내려앉기 시작하더니
안락은커녕 앉은뱅이가 되고 만 것이다.
의자를 바꿔볼까 하던 중에
발도 올릴 수 있고 허리도 받쳐주는 신제품에 눈길이 갔는데
아니지, 아니야.
예전에 선생들께서 가르치시길
시인의 의자는 한 개뿐이라고 하지 않았던가.
말씀도 말씀이거니와,
오래도록 무거움을 받쳐준 노고를 기리면서
그럭저럭 고쳐 쓰는 게 좋을 듯.

# 중국식

상해 백옥란 호텔 8005호실
창밖에 낯선 비 내리는 밤
처음이자
마지막으로 중국식 목욕을 한다.
중국산 비누와 치약과 칫솔을 사용한 것은
이레 만에 처음이다.

욕조 깊숙이 들어앉아
비주*를 마시며
하오, 하오를 연발하는 나에게

— 웃기시네!

거울 속에서 또 다른 내가 걸어 나와
인민복을 벗기고
국산 내의로 갈아입힌다.

* 맥주

# 고양이

아스팔트 위를 가로질러 걸어가는
고양이를 본 적이 있는가?
고개 꺾고
새벽 세 시의 어둠을 배경으로 주춤주춤 사라지는
점박이 고양이….
그때 나는 자동차 안에 있었다.
4차선 갓길에 자동차를 세우고
절망적으로,
아아, 지옥이다 이것은
삶이 아니라고 부르짖고 있을 때—
점박이 고양이,
저승으로 들어서며
최후의 사냥감을 노려보던 그 화려한 눈빛!

# 눈

눈을 맞으면서 혼자 걸은 적이 있다.
무슨 일로 그날의 눈은 내게 너무 가혹했고
다소 염세적으로 보이기까지 했다.
모든 걸 탕진한 듯,
훌떡 벗어던진 음탕한 눈.
그 눈을 맞으며 누군가는 강으로 달려가고
누군가는 벗어나려고 애쓰고
더듬더듬,
누군가는 21세기로 진입했다.
그것이 20세기 말의 눈에 관한 나의 기억이다.
하늘 공장에 일이 생긴 걸까?
21세기의 눈에 관한 기억은 그것들과 사뭇 다르다.
마른 나뭇가지를 부러뜨리거나
출근길을 막아서거나
봄을 재촉하는 축축한 눈이 대부분이다.
유리창 바깥에 눈이 내린다.
지난 세기의 기억을 되살리면서
이 정도야 뭐… 하는데 낯선 눈이 내린다.
자객처럼,

새로운 세기의 전령처럼.

# 맞춤법

밤새워 교정을 보던 시절에
띄어쓰기는 붙여 쓰고 붙여쓰기는 띄어 쓴다는 농담이 유행했다.
함께하고 싶은데 헤어지게 되고
헤어지고 싶어도 함께할 수밖에 없음을
맞춤법 농담으로 배우던 그 시절이 인생의 봄날이었다.
물에 물 탄 듯 술에 술 탄 듯 무덤덤해지는 날이 올 줄 알았겠는가.
사람을 사랑으로 바로잡고 사랑을 사람으로 바로잡으면서
사람이 사랑이고 사랑이 사람이라고 우겨대던 그 시절이 진짜 인생이었음을
갈현리 들판에 지는 노을을 보면서 깨닫는다.
책을 받아 들고 오자를 발견하듯이
맞춤법 세상은 왜 자꾸 어긋나기만 했던가.
농담으로 진담을 감추고 진담으로 농담을 포장해가면서
세월은 갔고 세상은 변했고 맞춤법과 표준국어대사전도 달라졌다.
그렇다면 이제,

붙여쓰기는 붙여서 쓰고 띄어쓰기는 띄어서 쓰는 법을
논의해볼 수 있지 않겠는가.

함께하고 싶어도 함께하지 못하는 아픔과
헤어지고 싶어도 헤어지지 못하는 민생의 고충을
문법학자들이여, 귀담아둘 만도 하지 않겠는가.

# 3부

## 무정한 세월이 그렇게 흘러갔다

# 모르는 사람

거참 별일이죠?
전염병이 돌면서 모르는 사람이 늘어났다며
사람 좋기로 소문난 앞집 사내가 두 눈을 치켜뜬다.
마주치면 눈인사도 나누고
분리수거일이면 어깨를 부딪치기도 하면서
한때는 공기처럼 살던 이웃들인데,
피차 철벽을 치면서부터
조금 알던 사람 잘 모르게 되고
잘 모르던 사람 더 모르게 된 것이니
별일이기야 하겠냐는데,
낯빛을 고치고 두 눈을 번뜩이면서
어디서 갑자기 철갑이라도 꺼내 입은 듯
앞집 사내는 점점 모르는 사람이 되어간다.

# 뒷집 사내

폭설처럼,
목련이 쏟아졌다.
맞아, 저 집에 사람이 살고 있었지!
꽃잎들이 날아올랐다.
좀처럼 얼굴을 드러내는 법이 없던 뒷집 사내를 대신해
안부를 전하는 듯했다.
이사 오던 날,
무슨 일을 하신다고?
목수 일을 가끔…
단출한 짐을 보며 재차 물었다.
혼자 지내신다고?
그는 대답 대신 한쪽에 풀어놓은 악기들을 가리켰다.
음악을 하시는구나?
그가 쑥스럽게 웃었다.
악기들을 봐서는… 재즈? 록? 힙합?
그가 여전히 웃기만 했으므로 말머리를 돌렸다.
마침 목수 손이 필요했거든…?
그가 사양했다.
칠팔 년 전 그와 나눈 대화다.

이사 갔나?

하는 생각이 들 때쯤 밤새 그의 집에 울타리가 둘러쳐졌다.

그리고

창문이 닫혔고 울타리와 처마 사이에는 천막이 내걸렸다.

야음을 틈타 그는 조금씩 자기 집을 감추고 있었다.

그러면서 그의 기척도 점점 희미해졌다.

동네 한복판에 원!

마을 사람들이 혀를 찼다.

그의 집 울타리에 기대놓은 자전거 바퀴에 녹이 슬 즈음

그의 집으로 들어가는 여자의 뒷모습이 보였다.

그리고 그날 밤,

흐느끼는 소리가 울타리를 넘어왔다.

그것뿐이었다.

그날 이후 여자의 발길은 끊어졌고

길고양이들만 가끔 그의 집 울타리를 넘나들었다.

심상찮은 낌새를 알린 것도 바로 그 길고양이들이었다.

사람들이 비명을 질렀다.

어디서 몰려왔는지

지붕 가득 길고양이들이 올라앉아 있었다.
경찰과 구급대와 동물구조대가 달려오고,
미라가 된 그가 하얀 천에 덮인 채 들려 나왔다.
안부를 전하듯
그의 집 목련이 폭설을 토해내는 봄날이었다.

# 목수

그이는 꽤 늙었다.
책장을 짜기 위해 목재소에 가서
나이 든 목수를 부린다.
요것은 85㎝ 요것은 120㎝…
가는귀먹은 그이에게 터무니없이 목청을 높이며
문득,
나사렛의 사내는 서른까지만 노동을 했다던데?

## 그녀의 고양이가 위험하다

사다리가 필요하다는 전화를 받고 아내가 뛰쳐나갔다. 옥탑 유리창 아래 비좁은 난간에서 그녀의 고양이가 며칠째 그녀가 내미는 손길을 외면하고 있다. 금방 뛰어내리기라도 할 듯 그녀의 목소리는 절박하고 그녀는 지금 그녀의 고양이만큼 위험하다. 급하게 자동차를 몰고 나간 아내가 위험하다. 사다리를 구할 수 있을까? 사다리를 구한들 누가 그 아래로 내려갈 것인가! 나는. 나누어 자는 잠과 잠 사이에 있다. 위험하다. 가끔. 손에 땀을 쥐거나 돌아볼 겨를도 없이.

# 갈현리

저 앞 논두렁에 ㄱ자로 서 있는 사내를 안다. 논두렁에 털썩 주저앉을 때는 ㄴ자가 되기도 한다. 오래전 무슨 일로 호수에 몸을 던졌는데 일이 뜻대로 되지 않았다. 공교롭게도 수영을 할 줄 알았던 거다. 어린 시절 우연히 익힌 그 기술이 자신이 그토록 원했던 죽음과 그 죽음의 사유마저 이겨낼 줄은 몰랐다. 가끔 허리를 펴고 잡거나 밀어내듯 벌판을 향해 손을 내밀 때의 형상은 ㅏ 또는 ㅓ, 경배하거나 절규하듯이 한 손을 마저 내밀면 ㅕ 또는 ㅑ가 된다. 겨우내 그 사내는 자음과 모음으로 있다 갔다.*

* 갈현리 벌판의 그 사내는 어느 날부터 보이지 않고 이 이야기와 관련된 메모지 속에 남았다.

# 예정도 없이

1989년 여름
10㎝쯤 배를 째고
썩은 창자를 한 토막 잘라냈다.
맹장염이었다.
1984년 겨울
매형은 마흔세 살에 죽었다.
나이 어린 1남 1녀와
병약한 아내에게 주검을 맡겨둔 채 —
"요즘 세상에 맹장염으로 가다니!"
생나무를 뽑아내고
유택을 짓고 봉분을 올리면서
조객들은 한숨을 내쉬었다.
그런 것이다.
어느 날 문득 수술복으로 갈아입혀지고
주삿바늘을 통해 싸늘한 액체를 주입하는
낯모를 사내를 바라보면서
예정도 없이… 미처 열을 세기도 전에….

## ㅋㅋ

뼛속까지 전이가 됐고 항암 네 차례 했어요 피 뽑아 미국으로 보냈는데 두 주일쯤 후에는 결과를 알 수 있대요 오빠하고 동생한테는 얘기했고 부모님한테는 아직 못 알렸어요 ㅋㅋ 근데 저 안 죽을 거 같아요 아니요 죽더라도 병실에 누워 앓다 가긴 싫어요 맑은 공기 마시면 좋아질 수도 있고 추레하지 않을 수도 있고

문득 그런 생각이 드는 거 있죠 열 달 만에 세상에 나왔으니 열 달쯤 앓다 갔으면 하는 생각이요 겨우내 파묻혀 있다가 잠깐 피고 지는 꽃들에 비하면 그것도 욕심이겠다 싶긴 하지만 ㅋㅋ 아 참 안녕하신 거죠 아니 전 괜찮아요 그냥 그런 생각이 들었어요 이것도 죄로구나 누군가의 가슴에 빈자리 하나 더하는 거 말이에요

봄에 죽기는 싫어요 죽을 거면 가을이나 차라리 겨울이었으면 좋겠어요 아뇨 다시 봄을 맞기는 어려울 거 같아요 위로하려고 애쓰지 마세요 죽음에 관해 위로를 받는다는 거 그게 더 슬프거든요 화가 나기도 하고 화가 나기도 하고 아니 사실은 잘 모르겠어요 처음 겪는

일이잖아요 ㅋㅋ

# 이춘추 씨에 관한 생각

절반은 조선족이라며
안내원 이춘추 씨가 얼굴을 붉혔다.
동행 일주일 만이었다.
백두산 가는 길
흔들리는 버스 안에서
검은 가죽 코트의 사나이 이춘추 씨는
한 곡조 구성지게 뽑아 보이기까지 했다.
고향 산천과 어머니를 그리는 투사의 노래였다.
애절한 곡조가 석양빛에 흩어지고
다들 가슴이 미어졌지만
누명을 벗지는 못했다.
평평한 만주 벌판
붉은 대지를 가로질러 버스는 달려가고
더러 손장단을 맞추고
잠깐 호흡을 멈추기도 하면서
다들 이춘추 씨의 가계를 동정했지만
끝내 누명을 벗지는 못했다.
— 글쎄, 빨갱이가 틀림없다니까!

# 갈현리 베이징 김

베이징 김이 내 앞에 나타났다.
사회주의요? 에이, 사람 사는 일인데요, 뭐.
자본이 사회고 사회가 자본이지 다를 게 있나요?
북경 가이드 베이징 김,
대학을 갓 졸업했던 재담꾼 청년이
오십 살 중늙은이가 되어 내 앞에 나타났다.
고향이 그리웠던 노모를 위해
조선 땅 변방에서 월셋집을 구하는 것이다.
한때 그는 천안문 광장의 투사이기도 했다.
선생님들, 북경에 오시거든 언제든 이 베이징 김을 찾으시드래요!
설익은 자본주의식 익살에 박수를 보내면서도
돌아서면 우리는 그를 사이비 빨갱이라고 놀려댔었다.
자수성가한 조선족 청년,
성공한 사회주의자가 되어 나타난 한 어미의 아들,
갈현리 베이징 김.

# 오두산*에서

그녀를 만났어요. 그녀는 늘 거기 있어요. 많은 날을 지나쳤어요. 나는 몰랐어요, 그녀가 거기 있는 줄. 그녀는 말이 없고 그녀 얼굴은 사실 좀 낯설었어요. 그녀가 다른 사랑에 빠져 있는 동안 그녀에 대한 연민은 금지돼 있었어요. 그런 내가 그녀도 낯설었겠죠. 천변을 거닐며 그녀에 대해 생각했어요. 먹구름 사이로 불쑥 쏟아지는 햇살과 울컥한 산새 소리, 엉거주춤 속살을 가리고 있는 초록색 나뭇잎들, 바람 불 때 언뜻 드러나는 젖가슴을 훔쳐보거나 슬쩍 건드려보기도 했어요. 그녀는 민감했지만 부끄러워하지는 않았어요. 그렇다고 껴안거나 입을 맞추지는 못했어요. 그녀가 원하는지 알 수 없었으니까. 그녀의 살 속엔 붉은 강물이 흘러요. 사실은 그 강물이 나를 망설이게 했어요. 어쩌면 나는 거친 강물에 떠내려갈 수도 있어요. 그게 마음에 걸렸죠. 나약한 짐승 같으니. 친구들이 놀리곤 했어요. 화를 낼 순 없었어요. 그건 사실이었고 어쨌든 그녀를 품지는 못했으니까. 대신, 마음을 털어놨어요. 강물을 밀어내는 어떤 그리움에 대해 역설했죠. 궤변이라는 거 알아요. 밀물이 들고 노을이 지면 그녀는 창문을 내리고 나는 얼굴을 붉혀요. 어쩌면 한 번도 그녀를 만나지 못했는지도 몰라요. 그녀는 늘 거기 있고 오늘도 나는 그녀 곁을 지나쳐요. 결코 품을 수 없는 노을처럼 나는 금지되고 그녀는 또 말을 잃어요.

* 파주시 탄현면 소재, 통일전망대가 있다.

# 애인

왜 그런 날 있잖아?
세상이 울고 있다는 생각이 들 때
아프거나 어두울 때
소란하거나 너무 조용할 때.
너는 가고 오지 않았지.
기다리거나 신경이 쓰이진 않았지만
가끔 생각이 났어.
먼 나라 어느 마을
아이를 안은 여인들을 마주칠 때
깊고 깡마른 절망이 화면에 비쳐질 때
공포에 질린 채
낯선 카메라 앞에서 눈물을 흘릴 때
태양이 구름을 만나지 못하고
별들이 대지에 박히고
바람이 들판에서 불길을 몰고 올 때
벼락이 치고 단비가 내리듯이
그렇게 네가 왔으면 좋겠어.
누군가의 자유
누군가의 독립

누군가의 평화
누군가의 권리
누군가의 의무
누군가의 정의
누군가의 빈곤
누군가의 노년
누군가의 고독
누군가의 북극곰을 근심하다가
꽉 막힌 출근길 막다른 골목에서
언제나 혼자였음을 알고 절망할 때
그곳에 있으면 좋겠어.
물밀듯이,
벼른 말이 터지듯이 그렇게 왔으면 좋겠어.

# 닭 다리를 든 소년

그 소년을 안다.
대통령이 총 맞아 죽고 도시는 흉흉했다.
청년들은 통닭집에 모여 헛발질을 해대고 있었다.
문뜩,
문이 열리고 냉기가 몰아쳤다.
소년이 통닭집 안으로 들어섰다.
신문을 옆에 낀 소년이 식탁을 돌며 동정을 구했다.
누구 하나 소년에게 관심을 두지 않았다.
안갯속 국사를 논하며 침방울을 튀길 뿐
위장된 소식을 들이밀며
신분까지 갈아치운 어설픈 상술에 넘어가지 않았다.
식탁을 돌던 소년이 갑자기 마법에라도 걸린 듯
접시에서 닭 다리 하나를 집어 들었다.
순간,
통닭집 풍경이 얼어붙었다.
놀란 눈길들이 허공에서 마주치고,
동작이 멈춰지고,
느릿느릿,
닭 다리는 본래의 자리로 돌아왔다.

그때,
무례를 탓할지 닭 다리를 건넬지 고민하던 짧은 순간
소년은 돌아섰고,
비틀비틀 테이블 몇 개를 더 돌고,
출입문을 열고,
자신이 왔던 흉흉한 도시 속 거리로 사라졌다.
그 소년을 안다.
반백을 넘기고서야 비로소 그 소년이 누구인지 깨닫는다.
잘 차려진 식탁 주변을 배회하며
마치 마법에라도 걸린 듯,
타인의 접시에서 닭 다리를 집었다 내려놓으면서
무정한 세월이 그렇게 흘러갔다.

## 소녀가 있는 풍경

포격으로 왼쪽 발목이 잘린 소녀가 그녀의 아이를 안고
무너진 청사 계단에 석상처럼 앉아 있다.
아물지 않은 그녀의 상처를 향해 파리떼가 몰려들었다.
자신을 닮은 토산품 몇 개를 길 위에 늘어놓고
소녀는 가슴을 드러낸 채 아이에게 젖을 물렸다.
잠시 울음을 그쳤던 아이가 빈 젖을 밀어내며 간절하게
흐느꼈다.
저 아이를 어쩔 것인가.
흑칠한 목각인형 같은 사람들이 소녀 앞을 지나쳐 갔다.
아무도 소녀에게 눈길을 주지 않았다.
그들은 끼니를 구하러 나온 가장들이었다.
소녀가 일어섰다.
깡마른 그림자가 카메라를 향해 길게 늘어졌다.
저 소녀를 어쩔 것인가.
이방인의 시선을 의식한 듯
광주리를 머리에 인 소녀가 어색하게 웃어 보였다.
흰 치아가 드러났고,
소녀의 미소는 놀랄 만큼 눈부셨다.
그것이 그 소녀를 더 절망적으로 보이게 했다.

목발을 짚고,
아이를 달아매고,
광주리를 머리에 인 소녀를 먼지 자욱한 폐허 밖으로 밀어내면서
카메라 앵글이 핏빛으로 물든 저녁 하늘을 비췄다.
저 모녀를 어쩔 것인가.
답을 내기도 전에 카메라는 다른 세상을 보여준다.
소녀들이 있다.
빈약한 가슴골을 드러내고 필사적으로 손을 내미는 소녀들,
시시껄렁한 농담을 던지며
지프 위에 올라앉은 병사들은 전장으로 향하고
겁먹은 표정,
체념한 듯한 소년병들이 내던지는 동전을 줍기 위해
소녀들이 까르륵 달려간다.
저 소녀들과 소년들은 또 어쩔 것인가.
해야만 하는 일이 있을 것이다.
하지 않는다면?
답을 내기도 전에 광고가 시작된다.

요즘 같은 세상,

누가 당신을 지켜주죠?

채널을 고정한 채

아무도,

답하지 않는다.

## 고백

하늘은 공활하고 땅은 경사지고 바람은 불지 않는다. *사랑이라고 했던 것은 증오였고 사랑을 노래함은 살해를 의미한다.** 철컥철컥! 쇳소리를 내며 책장들이 넘어간다. 책갈피 속에서 걸어 나온 시의 주인과 마주 앉는다. *모든 시구는 무기에 바쳐졌네.** 마지막 구절을 낭송할 때 그의 눈은 야수처럼 빛났다. 그리고 그 눈이 나를 강요했다. 고백하라 그리고 증명하라!

아무것도 증명할 수 없음에 관해 먼저 고백하겠다. 사랑에 관해, 한 번도 이뤄진 적이 없는 그것에 관해 무엇을 증명하겠는가. 증오에 관해, 한 번도 분노한 적이 없는 그것에 관해 무엇을 증명하겠는가. 살해에 관해, 한 번도 행동한 적이 없는 그것에 관해 무엇을 증명하겠는가. 무기에 관해, 한 번도 쥐어본 적이 없는 그것에 관해 무엇을 증명하겠는가.

사랑은 미숙했고 인생은 생동하지 않았다. 사랑하기보다는 사랑에 빠지는 일에 몰두했다. 그런 것들이 나의 감옥이 될 줄은 몰랐다. 사랑이라고 했던 것은 연민이었고 사랑을 노래함은 미련을 의미했다. 모든 시구는 추억에 바쳐졌다. 뜨거운 하룻밤을 유혹하던 달콤한 배신자들과 더불어 사랑을 탕진했음을 고백한다. 사랑도, 어떤 증오도 살의도 무기도 없이.

* 사랑이라고~의미한다. 모든~바쳐졌네. 루이스 퓌른베르크(1909~1957)의 「헌시」 중에서. 시인은 이렇게 노래한다.

그대 나의 시들은,/ 우아한 몽상가를 기쁘게 하려고/ 비싼 꽃병에 담긴 아름다운 꽃처럼 만들어진 것이 아니네,/ 그대 나의 시들은,/ 비눗방울처럼 날기 위해 만들어진 것이 아니네,/ 그대 나의 시들은 나의 무기이네!/ 그대 나의 시들은,/ 고통스러운 표정을 한 서정적인 광대에게,/ 부드러운 우울함에 봉사하기 위해 만들어진 것이 아니네,/ 그대 나의 시들은,/ 성난 늑대 앞에 선 인간이 역경에서 도피하도록/ 도와주기 위해서 만들어진 것이 아니네,/ 그대 나의 시들은 나의 무기이네!/ 내 그대들은 여러 강당에서/ 나의 동지들, 무산자들을 향하여 힘차게 노래했을 때,/ **사랑이라 했던 것은 증오였고, 사랑을 노래함은 살해를 의미한다**고!/ 그때 그대들은 전투처럼 울려 퍼졌다네./ 그들은 소총처럼 그대들을 움켜잡았지./ 그리고 그대들은 전가(戰歌)였다네!/ 내 앞의 넓은 홀을 보게,/ 푸른 담배 연기 속에서 햇빛이/ 사랑하는 얼굴들의 바다 위에 창백히 비칠 때/ 얼마나 뜨겁게 내게 감정이 치밀어 오름을 느꼈던가!/ 나, 시인은 그대들의 형제였고/ 그대들은 내 형제요 동료였네!/ 오, 순수한 시인이라 자처하는 자들,/ 그들은 자신들이 얼마나 가련한지 알고나 있는가?/ 그들이 외롭게, 그리고 맹목적으로 인생을 더듬거리고 있는 까닭은/ 삶의 모습을 볼 수 없기 때문이지./ 그래서 그들은 실없는 소리를 중얼거리며/ 시구를 흐느끼듯 바람에 흩날려 보낸다네./ 맙소사! 나는 평생토록/ 실없는 소리 하며 흐느껴 울 시간이 없었네,/ 강도들이 불 질러 태우는 오늘날엔,/ 더더욱 그럴 시간이 없다네!/ 나의 무기를 날카롭게 갈아,/ 악마의 심장에 찌를 준비가 되어 있네!/ **모든 시구는 무기에 바쳐졌네**! (신상전 역)

# 봄눈

눈을 감고 내리는 눈,
내 안의 작은 고요.

하늘이 구름을 담아두지 않듯이
미안한 기억이
살아 있는 주검들을 실어 나르듯이

귀를 막고 내리는 눈,
내 안의 작은 소란.

# 4부

## 꿈이 아닌 듯이 꿈을 꾸듯이

# 가계

생부는 규현이다. 일제강점기와 한국전쟁을 겪었다. 측량기사로 평생 산속을 떠돌았다. 향년 83. 고양에 묻혔다. 조부는 홍종이다. 구한말에 출생해 일제강점기와 한국전쟁을 겪었다. 광복 후 향리에서 부면장을 지냈다. 향년 69. 용인에 묻혔다. 증조부는 범우다. 전하는 기록이 없으며 가락동에 묻혔다. 묘지가 유실되어 찾을 길이 없다. 고조부는 순하다. 전하는 기록이 없으며 수서 대군 묘역에 묻혔으나 세장도世葬圖에 기록이 남아 있지 않아 그 위치를 찾을 길 없다. 5대조는 인철이다. 전하는 기록이 없으며 가락동에 묻혔다. 묘지가 유실되어 찾을 길이 없다. 6대조는 승지공 이연이다. 승지 벼슬을 한 것으로 보이나 생애 기록은 찾지 못했다. 7대조는 참의공 의정이다. 참의 벼슬을 한 것으로 보이나 생애 기록은 찾지 못했다. 8대조는 우윤공 시중이다. 1707년(숙종 33)에 출생했으며 졸년은 불상이다. 1741년(영조 17)에 식년시에 급제했다. 9대조는 남평공 현웅이다. 1682년(숙종 8)에 출생해 1732년(영조 8) 임지인 나주 남평현 관아에서 세상을 떠났다. 향년 51. 10대조는 녹천공 유다. 1645년(인조 23)에 출생해 1721

년(경종 1)에 세상을 떠났다. 향년 77. 1668년(현종 7) 과거에 급제하여 통정대부, 우의정, 좌의정, 영의정 등을 지냈다. 좌의정 때 청나라 눈치를 보는 대신들의 반대를 무릅쓰고 북한산성을 축조했다. 11대조는 금산공 중휘다. 1622년(광해군 14)에 태어나 1678년(숙종 4)에 세상을 떠났다. 향년 57세. 금산 군수 등을 지냈다. 과천 현감으로 있을 때 위계에 빠진 사형수의 억울함 풀어 목숨을 구해주었다. 12대조는 장령공 형이다. 1603년(선조 36)년에 태어나 1655년(효종 6)에 세상을 떠났다. 향년 53. 인조반정에 참여했으며 호란 때 청군과 싸웠다. 13대조는 첨지공 후재다. 1580년(선조 18)에 태어나 1661년(현종 2)에 세상을 떠났다. 향년 82. 인조반정 정사공신으로 중추부사 등을 지냈다. 공사가 분명하고 성품이 강직했다. 나라 법에 고을을 다스리는 사람은 그 어버이를 모셔와 봉양하는 것을 금했으므로 왜란을 피해 호남으로 갔을 때 자식이 다스리는 관사가 지척에 있었지만 끝내 들어가지 않았다. 14대조는 봉산공 욱이다. 1558년(명종 13)에 태어나 1619년(광해군 11)에 세상을 떠났다. 향년 62. 성혼成渾의 문인이다. 함흥

판관, 안음 현감, 선혜청 낭관, 봉산 군수 등을 지냈으며 진주 충민사에 제향되었다. 1592년 임진왜란 때 경상도에 있다가 이듬해 분호조좌랑이 되어 가산嘉山의 병량 보급을 담당하였다. 15대조는 아산공 인건이다. 1525년(중종 20)에 태어나 1563년(명종 18)에 세상을 떠났다. 향년 39. 아산 군수, 좌찬성 등을 지냈다. 독서를 즐겼으며, 번화하게 노는 일은 일체 피하였다. 아산 군수를 지낼 때 소송하기를 좋아하고 간사한 아전이 많았는데, 법을 엄하게 세우고 분변해 다스리기를 합당하게 하여 존경받았다. 16대조는 백천공 한이다. 1503년(연산군 9)에 태어나 1552년(명종 7)에 세상을 떠났다. 향년 50. 적손은 4대까지 벼슬을 할 수 없는 국법에서 벗어나 처음으로 정치 일선에 나서 황해도 백천 군수를 지내고 통훈대부의 품계를 받았다. 17대조는 정안부정 천수다. 1487년(성종 18)에 태어나 1519년(중종 14)에 세상을 떠났다. 향년 33. 효성과 우애가 지극하였다. 부친상을 당한 후 소식素食으로 날로 수척해지자 모친이 몰래 고기를 먹이려 했으나 울부짖으며 먹지 않았고 이로 인해 고질병이 생겼으나 모친 앞에 이르면 지팡이를 버리고 자세를 가다듬어 병이 있는 것을 알지 못하게 하였다. 종반宗班으로 달리 벼슬하지 않았다. 18대조는 청안군 영이다. 1462년(세조 8)에 태어나 1495년(연산군 원년)에 세상을 떠났다. 향년 34. 종반宗班으로 달리 벼슬하지 않았다. 19대조는 영순군 부다. 1444년(세종 26)에 태어나 1470년(성종 원년)에 감기가 악화하여 세상을 떠났다. 향년 27. 종반宗班으로 달리 벼슬하지 않았다. 1467년 이시애의 난을 평정하는 데 공을 세웠다. 20대조는 광평대군 여다. 1425년(세종 7)에 태어나 1444년(세종 26)에 아들 하나를 남기고 세상을 떠났다. 향년 20. 임금과 중궁이 몹시 슬퍼하여 3일 동안 조회를 거두었다. 2017년에 가문의 손이 또 태어났으니 그로부터 573년이다.

# 뭀

어려서 아버지께서 들려주시길,
하늘 아래 저마다 뭀이 있단다.
바람의 뭀 구름의 뭀 강물의 뭀
사람의 뭀 동물의 뭀 식물의 뭀
아비의 뭀 어미의 뭀 아들의 뭀
자라서 다시 한번 들려주시길,
하늘 아래 저마다 목이 있단다.
바람의 목 구름의 목 강물의 목
사람의 목 동물의 목 식물의 목
아비의 목 어미의 목 아들의 목
나중에 다시 한번 들려주시길,
하늘 아래 저마다 못이 있단다.
바람의 못 구름의 못 강물의 못
사람의 못 동물의 못 식물의 못
아비의 못 어미의 못 아들의 못

# 닭 모가지 치는 여자

시장통 도마 앞에서
큰 칼을 휘두르는 닭집 여자,
한 치의 망설임도 일말의 두려움도 없다.
다리와 날갯죽지를 잘라내고
칼을 바꿔가며
배 갈린 몸통을 모질게 후려치면서
손 빠르게 담아내는 저 여자를 안다.
그해 여름,
어머니 손에 붙잡힌 어린 닭들이 기를 썼다.
솜털이 보송보송한 날갯죽지를 부여잡고
모가지를 밟고 계신 어머니도 안간힘을 썼다.
아버지는 몇 년째 객지를 떠돌고
장남은 휴학하고 군대 나가고
모가지를 비틀기엔 너무 어렸다.
여름 내내,
모가지 없는 닭들이 밥상에 올라왔다.
저 여자를 안다.
허리를 비틀고 하늘을 보면서,
닭 모가지 내려치는 저 여자를 안다.

# 국밥 한 그릇

난롯불이 꺼진 듯 식당에는 냉기가 가득했다.
국밥을 뜨고 있었다.
반주 기운이 돌기 시작했을 때 사내가 들어섰다.
국밥 한 그릇!
식당 주인이 재빨리 일어났다.
식당 안을 둘러보던 사내가 눈길을 피했다.
그때,
알 듯한 기운이 내게 번져왔다.
기억을 더듬는 동안
사내는 허겁지겁 국밥을 밀어 넣고 있었다.
문뜩,
그를 안다는 생각이 들기 시작했다.
반주 잔을 털고 일어설 때
먼저 일어난 사내가 앞서서 계산대로 갔다.
휘청휘청,
무너질 듯한 사내의 걸음걸이를 보면서
마침내 그가 누구인지 생각을 해냈다.
아버지는 열네 살 때 당신의 첫 직장을 얻었다.
시계방 점원이었다.

주린 배를 움켜쥐고 경성 밤거리를 헤매던 날들을
당신은 끝내 잊지 못하셨다.
"국밥 한 그릇이면 강산도 팔아넘기겠더라."
우는 듯 마는 듯 중얼대는 소리가 들려왔다.
식당 주인의 목소리가 귓전을 때렸다.
"돈이 없으면 말을 했어야지!"

# 집과 집 사이에 헌 집을 지었다

나는 집이 세 채다.
집 없는 설움을 겪는 분들께는 대단히 죄송하지만
집 가진 근심도 적지 않으니 너그럽게 봐주시기를.
집이 세 채나 되신다?
잠은 어디서 주무시나?
밥은 어디서 드시고?
세수는?
일을 볼 때 세 번에 나눠보시는 건 아니고?
빈정대지 마시라.
옛집에는 지금 모르는 사람이 살고 있다.
셋방을 전전하다 생애 처음으로 우리 집이 생겼을 때
부친은 오십이 넘었고
산동네를 벗어난 가족들은 한동안 잠을 이루지 못했다.
학창과 연애 시절을 보낸 그 집에는 추억이 많다.
결혼하고 독립해 어언 사십 년,
부모는 돌아가고 형제자매는 흩어지고
그 추억 위에 다른 추억들이 쌓이고 또 쌓였을 것이니
겉모습이 온전한들
이제 와 그 집을 우리 집이라고 할 수 있을지…

오십을 목전에 두고 내 집을 지었다.
한 장 한 장 장밋빛 벽돌을 쌓아 올리며
무슨 일이 있어도 이 집에서 죽으리라 결심했다.
방마다 벽마다 창문을 내걸고
맑은 공기와 햇볕과 안면을 트면서
이것이 내 생애 마지막 집이려니 생각했다.
아직 지어지지 않은 저 아래 저 아래
땅속 깊은 곳 새집에 들기까지.

## 208호

그녀는 혼자 살았다.
늙은 고양이와 싸움질을 하면서
어머니가 아이에게 그러하듯이
끌어안고 볼을 비비기도 하면서
그녀는 혼자서 살았다.

그녀는 좋은 이웃이었다.
대개의 노인처럼 말이 많지도 않고
동정을 구하지도 않았다.

그녀의 시체는 사흘 만에 발견되었다.

어디선가 그녀의 아들들이 나타나고
생전 보기 힘든 성대한 장례식이 진행되는 동안
그녀는 차츰 불행해졌고
그녀의 고양이가 아파트 단지를 나다니기 시작하면서
마침내 불쾌한 이웃이 되었다.

# 소극*

갑자기 부엌 창문이 안 열려요.
무슨 일이지?
창문이 안 열린다고요.
습기 때문인가?
창문이 안 열린다니까요!
문짝이 틀어졌나?
아 글쎄 안 열린다잖아요!
기름칠을 한번 해볼까?
이 양반이 정말? 안 열린다는 말 안 들려요!

* 笑劇

## 이불 전쟁

새털 같은 침대 위에 비단 금침을 깔아놓고도
전쟁은 벌어지지.
자다 말고 이불을 끌어당기는
잠결과 잠결의 전쟁.
등을 비비고 가슴을 맞대다가도
선잠을 깨우는 이불 전쟁.
피할 수도 물러날 수도 없지.
좁다란 이불 폭을 탓하고
틈새가 벌어진 유리창 문틀과
갑자기 내려간 새벽 기온을 원망하기도 하지.
하지만 그것은 핑계에 지나지 않는다고
형편없는 잠결 사랑을 당신은 구박하지.
변명을 늘어놓을수록
당신의 잠자리는 멀어지지.
휴전을 청해도 소용이 없지.
어느새 잠은 달아나고
드디어 나도 화가 나지.
시뻘겋게 달아오른 나는
적진을 기습하는 병사처럼 재빨리

잠옷들을 벗어 던지지.
고집쟁이 당신,
싸움이라면 절대로 물러서지 않지.
이불 전쟁보다 더 격렬한,
사랑 전쟁은 그렇게 시작되지.

# 혓바닥 전쟁

소금 간을 한 두부찌개를 맛보면서 내가 말하지.
새우젓 간이 낫지 않겠냐고.
두부찌개에 새우젓 간 하는 사람은 못 봤다면서
들은 척도 하지 않지.
고춧가루 범벅인 식탁을 가리키면서 내가 사정하지.
위가 안 좋은 것 같으니 제발 좀 싱겁게 먹자고.
당신의 목소리가 높아지지.
위가 나빠진 것은 술 때문이라며
부엌 한구석에 늘어선 빈 소주병들을 탓하기 시작하지.
놀란 나는 재빨리 물러서지.
마시다 남은 반주 잔을 밥그릇 뒤에 감추고
음식은 모름지기 매운맛이라며 고개를 끄덕이지.
엄마하고 산 날보다 많아지면서
혓바닥 전쟁은 점점 줄어들지.
저녁 식탁에 마주 앉아
두부찌개를 입에 넣다 말고 내가 말하지.
두부찌개에 새우젓 간을 했단 말이야?
두 눈을 빤히 뜨고
새우젓 냄새를 탓하는 내게 당신은 말하지.

두부찌개에 소금 간 하는 사람 봤어요?
세상은 바뀌고
혓바닥 전쟁은 그렇게 다시 이어지지.

# 젓가락 전쟁

아들네가 오면 밥상이 달라지지.
신나게 도마질하는 당신 옆에서
덩달아 나도 바빠지지.
불고깃감을 저미는 동안
양파를 까고 파와 버섯들을 다듬지.
당면은 어떻게 된 거예요?
물에 담가두면 되는 거 아냐?
당신과 나,
모처럼 손발이 척척 맞지.
식탁을 가운데 두고 웃음꽃이 만발하지.
소매를 걷어붙인 당신,
손댈 틈을 주지 않지.
깍두기를 향하다가 재빨리 방향을 틀어보지만 어림도 없지.
대를 이어온 젓가락 검술을 당할 사람은 없지.
울컥,
생선 가시를 발라주시던 엄마 생각이 나지.
밥상 위를 분주하게 오가던 어머니의 젓가락 봉사를 떠올리면서 불고기 따위엔 절대 손대지 않지.
우적우적,
시어빠진 열무김치를 씹으며 옛날 생각을 하지.
식사를 마친 아들네가 일어나고
식탁 정리가 시작되지.
수저를 놓기 전 맨밥을 입에 물고
납작하게 눌린 깻잎 한 장을 떼어낼 때
당신의 젓가락이 문뜩 깻잎을 잡아주지.
입안 가득 초록색 향기가 번지면서
목련꽃 만발한 어느 봄날,
울컥했던 젓가락 전쟁은 끝이 나지.

## 기억 전쟁

— 안경이 어디 갔지?
— 안방에 있는 거 아냐?
— 없는데?
— 화장실에 있던지.
— 여기도 없는데?
— 이건가?
— 맞네! 왜 남의 안경을 쓰고 있어?
— 그럼 내 안경은?

기억 전쟁은 그렇게 시작되지.
거실 유리창 너머,
봄날이 다 가도록 꽃을 피우지 못하는 목련을 보면서
꽃을 피워본 기억이 없어서라고 변명하지.
꽃이 피는 건 기억이 아니라 습관이라며
당신은 형편없는 정원사를 흘겨보지.
목련을 심은 건 당신이 아니었냐고
항변을 해봐야 소용이 없지.
시치미 뚝 떼고 사과 한 알을 접시에 담아 오지.
억울하지만 나는 사과를 깎지.

그저 속으로 말하지.
오렌지 주스 마시자고 한 거 아니었어?
내가 언제? 참외 먹자고 했잖아!
가지런히 깎인 사과 접시를 앞에 두고
당신은 또 우길 거니까.

# 문뜩이 온다

집을 나서다 현기증을 느끼고 돌아섰다.
의학상 소견은 돌발성 뇌경색.
아들을 잃은 친구로부터 부고장이 날아왔다.
애통.
밤길을 걷는데 낯선 그림자가 지나갔다.
소름.
친구 한 놈이 또 세상을 떠났다.
침통.
삼 년째 모셔둔 산악자전거를 도둑맞았다.
잘됐네, 잘됐어!
개똥을 치우다 하늘을 보았다.
울컥.
열무김치를 씹는데 눈물이 쏟아졌다.
돌아간 엄마 생각.
강물에 코를 박고 남은 날을 세어봤다.
청승.
자물쇠를 채워봐야 소용없다.
만능열쇠를 허리춤에 차고
문뜩은 어떻게든 오고야 마는 것이니

다 함께 기억하자.
정신을 가다듬고 문뜩에게 말을 걸자.
궁금한 척,
어디서 왔니?
모르는 척,
누가 보냈니?
놀란 척,
어떻게 왔니?
다정한 척,
왜 이리 늦었니?
봄바람 속에 태풍이 숨어 있고
찻잔 속에서 가끔은 풍랑이 일듯이
문뜩은 바람이나 물결 같아서
길을 막고 도망쳐도 소용이 없다.

# 노인들이 장해 보인다

노인들이 장해 보인다.
노쇠한 팔다리를 늘어뜨리고
침침한 눈으로 지하철역 구내를 서성이면서
하루에도 몇 번씩 죽음을 비켜 가는
노인들이 참으로 장해 보인다.
갑옷도 투구도 없이
일흔 몇 해 동안이나 그들은
삶의 편에 서 있었다.
공경하자.
경로우대증을 휴대하고
종일토록 전동차에 실려 다니는
노인들은 이 나라의 기둥이다.

# 동굴

붙박이 신발장 아래 구멍으로 드나들던 새앙쥐가 생각
난다.
뾰족한 이빨,
겁먹은 눈과 덜 자란 몸뚱이,
장난기가 서려 있던 가늘고 긴 꼬리—
녀석이 보고 싶다.
파리약을 뿌리고
우산을 들고 구멍 속을 쑤셔대곤 했었지.
사과 한 알 던져놓고
녀석이 나오길 기다리기도 했었지.
녀석이 보고 싶다.
(구멍에 널빤지를 대고 못질을 한 것이 바로 난데?)
죽었을까?
아니면,
그 속 어딘가 다른 나라가 있는 걸까?
그리운 동굴,
파리약을 뿌리고 우산으로 쑤셔대고
미끼를 던지고 못질도 하지 않는.

# 병

흘려다오 나를
공기 속으로 보내다오
종달새처럼 날려다오
미끄러운 물고기처럼 강물에 놓쳐다오.

하늘은 마음을 담지 못하네.
강물은 눈물을 담지 못하네.

한동안 어두웠으니 청명했으면 좋겠네.
한동안 무거웠으니 가벼웠으면 좋겠네.

어쩌다 가볍고 청명했으니
무거워도 좋겠네 어두워도 좋겠네.

# 아닌 듯이

아닌 듯이 사랑하고
아닌 듯이 저버리고
아닌 듯이 무너지고
아닌 듯이 아파하고
아닌 듯이 비난하고
아닌 듯이 조롱하고
아닌 듯이 기다리고
아닌 듯이 확신하면서
사연 많은 두 세기에 걸쳐
그 모든 아닌 듯한 것들 속에 내가 있다.
원망하거나 반성하지 않겠다.
지구 주민들에게 해를 끼치거나
크게 책임질 일을 저지르지는 않았으므로
천연덕스러운 표정으로 나는
그 내가 내가 아닌 듯이
아마도 이 행성에 조금 더 머물 것이다.
해 저문 들판 어딘가에서
가끔은 꿈이 아닌 듯이 꿈을 꾸듯이.

발문

# 목숨 받은 존재들의 슬픔을 어루만지는 마음

황인숙
시인

먼저, 이 발문을 오래 기다려 준 이능표 선배께 고개 조아려 사죄드린다. 선배는 온유한 사람이다. 하지만 어쩐지 참을성은 좀 없을 듯한데, 그럼에도 내색(?)하지 않으려 애쓴 것은 이 불초 후배의 사는 꼴을 헤아려서일 테다. 선배는 성정도 삶도 단아하다(인상에 다 나타난다). 내 삶은, 글쎄, 카오스의 영원을 사는 하루살이라 할까. 핑계를 대자면, 하루의 거지반은 고양이 시간을 보내고 나머지 시간으로 살아내려니 가뜩이나 간추리고 사는 능력이 부족한 터에 만사 속수무책 난장판인 것이다. 그런 시간이 하루하루 밀리고 쌓여 1년이 가고 10년이 간다.

자기와 영 다른 사람, 영 다른 삶을 꿰뚫어 보고 품는 재량은 시인 이능표의 미덕 중 하나다. 황동규 선생이 쓴 김종삼 선생 시집 해설에 담긴 인상 깊은 구절이 생각난다. "김종삼은 시에 대한 욕심보다 사랑이 큰 시인이다." 내가 아는 이능표 시인도 그렇다. 선배는 시에 대한 사랑은 있지만 욕심은 없는 사람 같다. 예컨대, 그가 첫 시집을 신생 출판사의 잘 알려지지 않은 시집 시리즈에 묶은 게 그렇다. 선배의 맵차고 참신한 시들은 결국 흐지부지 사라진 그 출판사와 시집 시리즈에 휩쓸려 묻히고 말았다. 시만 좋으면 누군가의 매의 눈에 띄어 유포되는 지금과 달리 지난 세기의 80년대는 출판매체가 한 시인의 판세에 중요할 때였다. 그래서도 나는 유수한 출판사에서 시집을 내고 싶었다. 나도 참 허영심 많고 욕심 많은 인간이었던 것. 그리고 나는 내 시의 힘만으로는 도태되지 않을 자신이 없었던 것이다.

"괜찮은 출판사에서 낼 수 있었는데 왜 거기서 냈어요? 선배는 자기 시에 그렇게 자신만만했나 봐요?"

내가 안타까운 마음에 묻자 선배는 웃으며 대답했다.

"그러게…. 그랬지요. 그 출판사에서 젊은 시인 시리즈를 만들자고 의욕적으로 제안해서 혹하기도 했고요."

나라면 노회해서 혹하지 않았을 텐데 선배는 순수한 청춘이었다.

간당간당한 재능으로 게으르기까지 해서 늘 동동거리며 원고를 때우는 나와 달리 선배는 시고 산문이고 유유히 쓴다. 선배는 숨 쉬듯 글을 쓰는 것 같다. 처음 시도하는 형식의 글도 어려운 놀이를 즐기듯 써나간다. 며칠 전 통화에서 선배가 1,600매에 달하는 어떤 원고를 다시 시작하겠다며 폐기하겠다고 해서 엄청 충격을 받았다. 아깝고 아까와라! 8매가량의 잡문을 컴퓨터에서 날리고 하늘이 무너지는 듯했던 나로서는 상상도 할 수 없는 만행이다. '작가도 글만 안 쓰면 할 만하다'고 뇌고 사는 나도 문제지만, 그 많은 원고를! 술렁술렁 쓴 게 아니라 심혈을 기울였을 텐데. 선배도 기인 아니에요?

작년에 시집을 묶으려고 했을 때는 써놓은 시를 정리하고 새로 시작하자 마음먹었을 선배가 나 때문에 '딴짓'으로 시간을 보냈나 싶으니 새삼 가책이 되지만, 그래, 생각하면 그것도 다 선배 시에 피가 되고 살이 되리라(고 여겨본다).

선배가 굳이 내게 발문을 써달라고 한 이유 첫째는 내 살림에 보탬이 되고 싶음, 둘째는 시가 중요하지 시에 붙는 글은 아무려면 어떠랴 하는 쿨함이랄까 시니컬함일 테다. 원고 청탁에는 무조건 겁부터 먹고 보는 내게 선배는 부담 갖지 말고 발문으로 가볍게 쓰라고 했다. 아무래도 '해설'은 공부와 인연이 먼 내게 무리라고 미루어 짐작했을 듯.

할 일을 미루지 않는 선배는 빨리 시집을 묶고자 했다. 그런데 원고를 읽으면서 감탄하며 내가 욕심이 생겼다. 이번에는 보다 참한 출판사에서 시집을 내면 좋겠다는, 그래야 한다는, 그럴 수 있겠다는. 그런데 긍정에 찬 내 예상이 세태라는 복병에 부딪혔다. 밖으로 활동이 드러나지 않은 채 묵묵히 시를 써온 '젊지 않은 시인'의 시집은 특별히 센세이셔널한 이슈를 다루고 있으면 모를까, 아무리 빼어나도 이목을 끌기가 쉽지 않다. 우리 세대가 참 그렇다. 우리가 젊었을 때는 나이 든 사람이 존중받았는데, 지금은 젊음만을 존중한다. 뭐, 그렇다는 거다.

세태에 아랑곳없이 시를 오직 시만으로 읽고 판단하는 출판사 〈달아실〉이 밝은 눈으로 이능표 시편들을 놓치지 않고 맞아줘서 얼마나 기쁜지 벙싯 웃음이 절로 난다. 좋은 인연이다. 후회는 없을 거예요!

이 시집의 키워드는 사람, 삶, 전쟁, 죽음, 그리고 사랑이다. 사람과 삶은 어원이 같다. 사람에 대한 시들은 곧 삶에 대한 시들이다. 이런저런 사람들과 그들의 이런저런 삶. 이능표 시인은 삶이라는 거리의 사진사다. 그 사진사는 약자, 패자, 소위 '투명인간'으로 존재감 없이 살아가는 사람, 비참한 사람, 외로운 사람들을 포착해서 찰칵찰칵 찍는다. 선배의 눈은 왜 그런 소재에 유난히 끌리는 걸까. 타고나기를 착한 사람이라서? 아무리 착한 사람이라도 곡절이 전혀 없이 살아온 사람은 타인의 고통을 알아채지 못한다는 편견을 나는 갖고 있다. 내가 알기로 선배는 평탄한 삶을 살아왔다. 결손가정이 아닌 집에서 중하게 자랐고, 사랑스럽고 말 통하는 아내와 잘 성장한 아들이 있다. 살림도 그만하면 윤택하다. 대개 사람이 고역으로 여기는 '일'이 그에게는 '놀이'이다. 용모도 따뜻한 느낌의 미남으로 단정하고, 잘 단풍 든 나무처럼 곱게, 음, 늙었다(내 용모에 대해서는 솔직한 언급 사절). 그런데 어떻게? 시 「고양이」의 다음 구절에 내 편견을 거스르지 않는 답이 있을까?

"그때 나는 자동차 안에 있었다/ 4차선 갓길에 자동차를 세우고/ 절망적으로,/ 아아, 지옥이다 이것은/ 삶이 아니라고 부르짖고 있을 때 —"

엇, 선배도 이런 때가 있었구나. 모질어지지 않고 그 시기가 지나서 다행이다. 선배는 워낙도 연민 깊고 자비심 많을 테지만 공감 능력이 뛰어난 천생 시인이다.

이 시집에는 이야기시가 많다. 그 시들 한 편 한 편이 뭉클하고 따뜻하고 가슴 아린 소설이다. 역사 속에서는 속절없이 사라질 테지만, 어렵사리 목숨 받아 세상에 태어난 한 사람, 한 생명, 한 존재가 살아낸, 사는, 살아갈 생의 자취, 그 사연을 시인은 무화시키고 싶지 않은 것이다. 고

독사한 뒷집 사내, 전쟁터의 발목 잘린 소녀엄마, 국밥 한 그릇을 무전취식하는 사내, 시국 흉흉한 80년대에 한 호프집에서 친구들과 시국을 논하고 있을 때 불쑥 식탁에 놓인 닭 다리 하나를 집어 들었다가 멍하니 놓고 나간 신문팔이 소년, 등등.

삶의 기본값은 신산함이다. 불행, 불우, 신산함이 도처에 넘쳐 사람들은 그것을 싫어하고 피한다. 당최 인기가 없어서 얼른 채널을 돌리고 잊어버린다. 시인은 그래서는 안 된다고 생각한다. 삶이 신산할수록 그걸 기적처럼 살아낸 사람은 얼마나 장하고 귀한가. 시인은 그들 하나하나에게 그들 자신이 주인공인 삶의 서사를 찾아주고 짚어준다. 한 편 한 편 서사마다 희미한 음악 소리가 흐르는 듯한데, 그것은 세상을 두루 비추는 시인의 햇살 같은 시선의 정조일 테다. 그리고 서사를 시이게 하는 시인의 언어 조탁 역량의 효과일 테다. 이능표는 시 쓰기의 고수다. 청순한 고수.

시인 이능표의 마음 여린 눈은 인간뿐 아니라 당연히 동물에게도 쏠린다. 인간 제일의 세상에서 동물은 더할 나위 없이 취약한 존재이기 때문이다.

파미르고원이었지 아마?
언덕을 오르는 기다란 행렬 속에서

비틀비틀 무리를 빠져나와 너는 내게로 왔어.
다리를 접고 가쁜 숨을 몰아쉬며
노을이 담긴 눈으로 무리를 돌아보던
너의 죽음이 산 자의 깨달음이 되고 있을 때
나도 한 번은 죽었던 거야.
망원경 속에 어둠이 내리고
초원의 바람이 너의 온기를 실어 나르는 동안
겁 많은 여우가 맴돌다 가고
떠나간 무리 속에서 너의 아이가 돌아와 애도를 마칠 때까지
내 숨은 멎어 있었어.
파미르고원의 이름 모를 평원에 뼈를 묻으면서
한 사내의 생사가 되었던 자,
너에 관한 시를 쓰는 일이
살아 있는 흉내를 내는 건지도 몰라.
오래전 그곳에서
죽은 자에게 삶을 가르친 모종의 존재,
그저 양이라 부를 수 없는,
그날 그 파미르고원의 마르코폴로.

시 「죽은 양을 위한 헌사」 전문이다. 아름답다! 평원의 삶인들 순탄하지 않겠지만, 인간 근처에 사는 동물들은 그 삶처럼 험하게 죽음을 맞기 일쑤다. 이 시를 읽으면서 나는 시인이 그 모든 험한 죽음을 애도하고 떠나보내는

느낌을 받았다. 그래, 그래, 그래. 괜찮아, 괜찮아, 괜찮아. 내가 곁에 있어. 내가 기억할게. 내가 전해줄게. 커다랗게 떠 있는, 빛이 사라지는 눈을 감겨주면서.

선배는 건강한 영혼의 시인이다. 건강해야 타자의 영혼도 두루 살피고 세심할 수 있다. 선배, 언제까지나 건강하세요! 시집을 여는 시 「춘천 가는 길」을 옮기며 글을 닫겠다.

장의차를 보고 속도를 줄인다.
누구인지 알 수 없지만
한 생을 살았으니 경의를 표할 일이다.

들꽃을 보고 걸음을 멈춘다.
이름도 연유도 알 수 없지만
한 생이 피었으니 고개를 숙일 일이다.

(*)

달아실시선 76

# 사랑하냐고 묻고 그립다고 대답했다


| | |
|---|---|
| 1판 1쇄 발행 | 2024년 3월 15일 |
| 지은이 | 이능표 |
| 발행인 | 윤미소 |
| 발행처 | (주)달아실출판사 |
| 책임편집 | 박제영 |
| 디자인 | 전부다 |
| 법률자문 | 김용진, 이종진 |
| 기획위원 | 박정대, 이홍섭, 전윤호 |
| 편집위원 | 김선순, 이나래 |
| 주소 | 강원도 춘천시 춘천로 257, 2층 |
| 전화 | 033-241-7661 |
| 팩스 | 033-241-7662 |
| 이메일 | dalasilmoongo@naver.com |
| 출판등록 | 2016년 12월 30일 제494호 |





ISBN 979-11-7207-006-9 03810